La niña del vestido dorado

WITHDRAWN

TEXTO JAN PAUL SCHUTTEN

ILUSTRACIONES MARTIJN VAN DER LINDEN

PANAMERICANA
EDITORIAL

Esta es Ana. Viste su ropa más bonita. Su madre
le cepilló el pelo durante horas y la vecina le puso
una preciosa corona de oro.

Pero ¿por qué está tan linda?

Ana no está sola. Se halla rodeada de miembros de la milicia ciudadana, muy apuestos ellos también. Se les ve muy inquietos. "¿Cómo tengo el cuello?", "¿Estoy bien peinado?", "¿Llevo el sombrero torcido?", preguntan una y otra vez. Entre tanto ajetreo, Ana casi pasa desapercibida.

Pero ¿por qué están tan nerviosos?

Los miembros de la milicia están nerviosos porque los va a retratar Rembrandt, el pintor más talentoso y más famoso del país.

Ana mira a su alrededor. "¡Cuánta gente!
¿Cabrán todos en un solo cuadro?". Curiosa por
conocer la respuesta, Ana se acerca a Rembrandt
y se lo pregunta.

—¿Que como consigo meter a toda esta gente en un solo cuadro? —se ríe Rembrandt—. Es un lienzo muy grande. Además, pondré a unos delante y a otros detrás. De ese modo, no tendré que pintarlos a todos de cuerpo entero.

—¿Y a quiénes pondrás delante y a quiénes detrás? —quiere saber Ana.

—La verdad es que aún no lo sé —contesta Rembrandt.

—Quizá ponga en primer plano al caballero más importante —continúa.

—¡¿Al más importante?! —exclama el hombre de la banda roja—. ¡Pues ese soy yo! Debo aparecer en primer plano porque soy el capitán de la milicia.

—Si no fuera por mí, esto sería un nido de truhanes y bribones —prosigue el hombre de la banda roja—. Doy órdenes a mis hombres para que persigan y encarcelen a los ladrones. Así es como podemos vivir en una ciudad segura.

—También podría poner en primera posición al más valiente —dice Rembrandt a Ana.

—¡¿Al más valiente?! —exclama el hombre del traje dorado—. Pues en ese caso tendrá que ponerme a mí, porque no hay nadie más valiente que yo. Un día perseguí a un delincuente hasta la cima de la torre más alta de la ciudad. Sentí vértigo de tanto subir, pero aun así seguí adelante. En la cúpula logré apoderarme del truhán y pude arrestarlo.

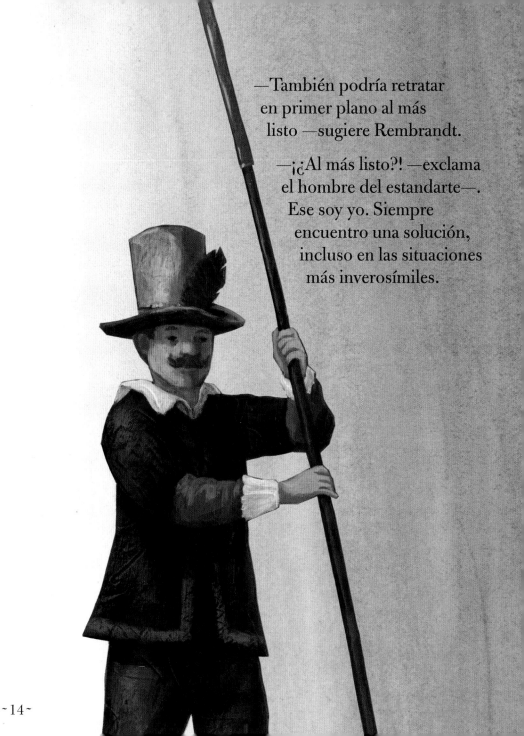

—También podría retratar
en primer plano al más
listo —sugiere Rembrandt.

—¡¿Al más listo?! —exclama
el hombre del estandarte—.
Ese soy yo. Siempre
encuentro una solución,
incluso en las situaciones
más inverosímiles.

—Un día acorralé a una banda de ladrones —prosigue el
hombre del estandarte—, pero no tenía con qué esposarlos.
Podían abalanzarse sobre mí en el momento
menos pensado, porque juntos
eran mucho más fuertes que yo.
Y entonces, o se me ocurría
una solución, o los
ladrones se darían
rápidamente a la fuga.
¿Quieren saber
qué hice?...

De una lanzada desabroché sus
cinturones, de modo que se vieron
obligados a sujetarse el pantalón con las
manos. Si decidían atacarme se les caería
el pantalón. ¡No les quedó más remedio
que acatar mis órdenes!

—Me parece muy bien —dice
Rembrandt—, pero quizá ponga en
primer lugar al más divertido.

—¡¿Al más divertido?! —exclama el hombre del sombrero extraño—. ¡Pues ese soy yo! Un día me topé con una banda de bribones. No llevaba armas, así que pedí a un transeúnte que fuera a buscar refuerzos. Mientras tanto, tenía que evitar que esos granujas se me escaparan. ¿Y qué hice? Empecé a contar chistes. Rodaron por el suelo, desternillándose de la risa.

—Quien rueda por el suelo no puede salir corriendo
—continúa el hombre del sombrero extraño—.
¡Seguí contando chistes hasta que llegaron los refuerzos!
¡Detuvimos a los bribones y los metimos en prisión!

—También podría pintar en
primer plano al más encantador
—sugiere Rembrandt.

Acto seguido se acerca
un hombre que ofrece
bebidas y tentempiés.

—Señor Rembrandt,
señorita Ana, ¿les apetece
comer o beber algo?
¡Qué bien les veo! ¡Cómo le
favorece ese peinado, señorita
Ana! ¡Señor Rembrandt,
es usted un pintor magnífico!

—¿Sabes una cosa, Ana? Quizá pinte en primer plano al más guapo —anuncia Rembrandt.

—¡Bueno, pues ese soy yo! —exclama un hombre de traje oscuro—. Solo hay que fijarse en mi atuendo.

Mi abrigo está hecho de pelo de colobo, un material muy preciado. ¿Y ven estos botones? Son diamantes negros. Y en mi sombrero llevo la pluma de una rarísima ave del paraíso de origen japonés.

—Vaya —dice Ana—, yo sobro aquí. No soy importante, ni valiente, ni lista, ni divertida, ni encantadora, ni guapa. No hago nada en este cuadro, ni siquiera si me pintas atrás.

—¡Qué va, Ana! —exclama Rembrandt—. ¡Ven!

Pero sus palabras llegan tarde. Ana ya se ha ido.

Pasan varias semanas. Al cabo de un tiempo, Ana se ha olvidado del cuadro.

Sin embargo, un día la llama el capitán de la milicia.

—¡Ana, ven! —grita—. Rembrandt ha terminado el cuadro. Nos lo va a enseñar.

Ana acompaña al capitán
hasta la sede de la guardia,
donde Rembrandt está de
pie junto a un cuadro de gran
tamaño cubierto por una tela.

—Ana —le dice el pintor—,
¿puedes descubrir el lienzo?

La chica no lo piensa dos veces.
Siente curiosidad por saber cómo
ha quedado el cuadro.

—¡Aparezco en primer plano!
—exclama Ana—. ¡Y la luz da sobre mí!

—No sabía si poner en primera
posición al más valiente, al más
listo o al más importante... —sonríe
Rembrandt—, pero tenía muy claro que
delante debía estar ¡la más dulce!